Aux enseignants et aux bibliothécaires de ce monde — L.N. & F.B.

Souris, tu viens à l'école?

Souris, tu

Laura Numeroff

ILLUSTRATIONS DE Felicia Bond

TEXTE FRANÇAIS DE MARIE-CAROLE DAIGLE

FSC
www.fsc.org
MIXTE
Papier issu
de sources
responsables
FSC® C016245

Catalogage avant publication de Bibliothèque et Archives Canada

Numeroff, Laura Joffe

Souris, tu viens à l'école? / Laura Numeroff ; illustratrice, Felicia
Bond ; traductrice, Marie-Carole Daigle.

Traduction de: If you take a mouse to school.
ISBN 978-1-4431-2662-5

I. Bond, Felicia II. Daigle, Marie-Carole III. Titre.

PZ23.N86Sou 2013   j813'.54   C2013-900332-0

Édition publiée par les Éditions Scholastic, 604, rue King Ouest,
Toronto (Ontario) M5V 1E1, avec la permission de HarperCollins Publishers.

5 4 3 2 1 Imprimé au Canada 114 13 14 15 16 17

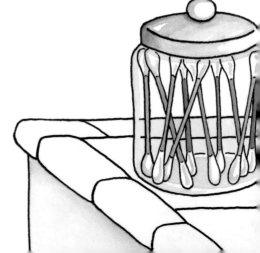

viens à l'école?

Si tu emmènes une souris à l'école,

elle t'empruntera ta boîte à lunch.

Puis, elle voudra que tu lui
prépares un sandwich,

et une collation juste au cas... Elle réclamera aussi un cahier et des crayons,

et elle s'installera confortablement dans ton sac à dos.

Une fois en classe, elle placera ses affaires dans ton casier et fouinera autour...

Elle s'amusera peut-être à faire un peu de calcul...

et une dictée.

Elle tentera même une expérience de chimie!

Elle finira toute sale,

et elle aura besoin d'un bon bain.

Quand elle sera à nouveau
bien propre,

ce sera l'heure de manger.

En chemin vers la cafétéria,
elle verra un jeu de construction.

Elle se fera alors une jolie
maison de souris

et des meubles en pâte à modeler.

Elle voudra ensuite des
livres sur ses étagères.
Mais d'abord, elle aura
besoin de papier, beaucoup de
papier, pour écrire sa propre histoire.

Elle utilisera probablement
tous tes crayons.

Lorsqu'elle aura fini,

elle voudra te lire son histoire.

Comme elle voudra la rapporter à la maison,
elle la mettra dans ta boîte à lunch,

qu'elle rangera
soigneusement.

Lorsque la cloche sonnera,
elle courra à toute vitesse à l'arrêt d'autobus.

Une fois rentrée,
elle jouera au soccer.

Elle te demandera de lancer le ballon dans le panier...

et de la promener sur ta planche à roulettes.

Puis, elle s'arrêtera pour reprendre son souffle, et elle aura envie d'une collation.

Elle te demandera alors de sortir ta...

boîte à lunch.

Et il est fort probable que...

si la souris te demande ta boîte à lunch,

tu devras...

la ramener à l'école!